19682

2

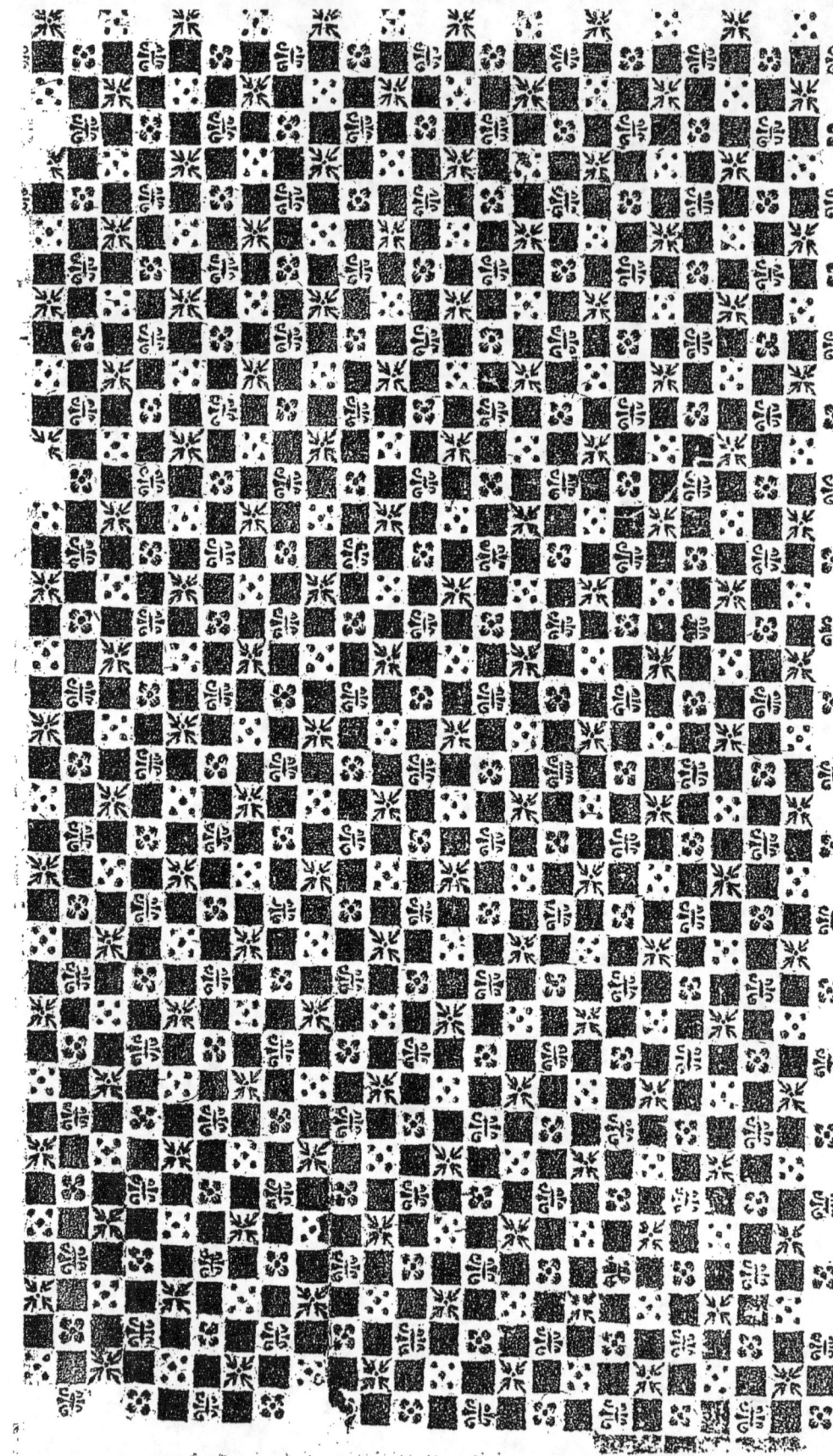

LE CONTRASTE

DE LA DISCORDE

ET DE LA PAIX;

O D E :

Par M. l'Abbé Delaunay.

A AMSTERDAM,

1785.

Y+

AU NESTOR
DES GUERRIERS.

Monseigneur,

Voici une Pièce qui vous est dédiée sans votre consentement, pour éviter le refus de l'acceptation.

Je crains qu'on ne m'impute un sentiment injuste contre l'Etat militaire. J'aime trop la Patrie, pour haïr ceux qui la défendent ; sur-tout, héroïquement, comme vous avez fait, Monseigneur ;

accélérant la paix dont nous jouissons à l'ombre de vos lauriers.

Par précaution contre le préjugé, je me prosterne en esprit & en vérité, devant le Tr..... auquel vous présidez, MONSEIGNEUR. Ah! que ce soit encore long-tems! pour l'honneur de votre âge, & l'admiration du nôtre!

LE POÈTE SUR SON DÉCLIN.

LE CONTRASTE
DE LA DISCORDE
ET DE LA PAIX;
O D E.

En eſt-ce aſſez ? âpre Furie !
Diſcorde ! à charge aux Potentats !
Seras-tu donc toujours nourrie
De pleurs verſés dans leurs états ?
Faut-il ſe battre ſans relâche,
Pour envahir ce qu'on arrache
Le fer ou la foudre à la main ?
Eſt-ce une loi des Deſtinées,
Que les terres ſoient profanées
Par les Maîtres du genre humain ?

Armez-vous! Ombres sépulcrales!
Soutenez d'éternels assauts!
Brûlez de flammes infernales!
Que le soufre coule en ruisseaux!
Portez aux voûtes souterraines
L'exhalaison des sombres haines
Qui fermentent dans votre cœur!
Le désespoir, l'aveugle rage.
Sont pour jamais votre partage :
C'est l'arrêt de votre malheur.

Mais vous! que le fil de la vie
Enlasse au nombre des Mortels!
Rois! est-ce à vous? rongés d'envie,
D'aimer Bellone & ses autels?
Pouvez-vous fonder votre gloire
Sur des meurtres, dont la mémoire
Jamais ne pourra s'effacer?
S'il ne manque à votre puissance,
Que cette affreuse jouïssance,
N'est-il pas mieux d'y renoncer?

EN-VAIN fur un mal néceffaire
L'orgueil penfe-t-il s'excufer.
Du plus fort le droit arbitraire
Lui confeille d'en abufer.
La majefté du rang fuprême,
Marqué par la Juftice même,
Devrait l'être auffi par la Paix.
Plus on étend fon vafte empire,
Moins fur le trône on peut fuffire
A fupporter un trop lourd faix.

PRÈS de l'Euphrate & du Scamandre,
En invincible Conquérant,
Quels maux n'a point fait Alexandre,
Pour s'affurer le nom de Grand ?
Marius, Annibal, Pompée,
Céfar même, à la Renommée
Immolèrent leur équité....
J'aime bien mieux Trajan paifible ;
Et préfère Titus fenfible
Aux vainqueurs de l'antiquité.

NE peut-on s'accorder enfemble
Par un tact de combinaifon?
Eft-il befoin que l'honneur tremble,
Pour fe foumettte à la raifon?
Saint Pierre * & Fleury n'écoutèrent,
Dans les tems qui les éclairèrent,
Que l'oracle de leur bon fens. . . .
Déeffe aux cent bouches bruyantes!
Dis à ces Ombres triomphantes
Ce que pour elles je reffens.

MAIS, où m'entraîne ce délire?
Indifcrète prétention!
Oublié-je l'ardeur qu'infpire
La téméraire ambition?
Le maffacre & la forfaiture,
Que punit la Magiftrature,
Sont les exploits de la valeur,
Sous l'égide que Mars protége,
La Milice a le privilége
D'affaffiner avec honneur.

_____

* L'Abbé Académicien & le Cardinal Miniftre.

TEL que le Braconnier farouche :
Tel que le fraudeur maltôtier , . . .
Le Conquérant veille & fe couche
Dans les angoiffes du métier.
Tel que le voleur intrépide ;
Tel enfin , que l'Arabe avide ;
En défiance , nuit & jour , . . .
L'ufurpateur , fous fon armure ,
Eft déchiré, par la morfure
D'un infatiable vautour.

AINSI , cet oifeau carnivore
Sous l'aîle dont il fend les airs ,
A la colombe qu'il dévore
Vole , auffi prompt que les éclairs.
Ainfi , les Bourreaux fans fcrupule ,
A la lueur du crépufcule ,
Par la fentence autorifés , . . .
L'exécutent , pour le martyre
De la victime , qui n'expire
Qu'après fes membres divifés.

ARRÊTEZ ! Lions fanguinaires !
Changez vos ordres inhumains !
Ces légions de mercenaires
Sont facrifiés par vos mains.
Vrais Tyrans, mais fous un faux titre,
Vous bravez l'éternel arbitre
En les conduifant à la mort....
Ménagez leur trifte carrière !
Pour flatter votre humeur guerrière,
Vous fied-il d'expofer leur fort ?

CIEL ! que d'innombrables cohortes
Epouvantent le Laboureur !
Que de Phalanges pour efcortes !
Que d'inftrumens pour la fureur !
Combien d'appareils homicides
Précipitent les pas timides
De ces pelotons de troupeaux !
Eft-ce un défaftre qui s'annonce ?
Un malfaiteur qui le prononce ?...
C'eft un Prince fous fes drapeaux.

AH ! ce n'eſt pas à ces maximes
Que nous reconnaiſſons un Roi,
Qui, par des nœuds ſi légitimes,
Nous enchaîne à ſa douce loi.
Trop grand, pour s'agrandir encore,
Au diadême qu'il décore,
Il n'ajoute d'autorité, ...
Que celle de forcer le monde,
Par une ſageſſe profonde,
A reſpecter ſa dignité.

DE l'Empire le Chef & l'Aigle
Fixe avec des yeux ſatisfaits
La modération qui règle
Ses deſirs plus que ſes bienfaits;
Entre ſes mains toutes puiſſantes,
En des conjonctures preſſantes,
Ses intérêts qu'il a remis, ...
Ont obtenu la réuſſite
Qu'un Conſeil heureux a preſcrite
Au Batave, libre & ſoumis.

QUEL triomphe plus mémorable
Qu'un si solide arrangement !
Un laps de tems considérable
Creusa la mine sourdement.
Mais une haute intelligence,
Une incomparable prudence,
Ont prévenu l'explosion ; ...
Et la main sûre de VERGÈNES
Vers la Paix dirige les rênes,
Où flottait la division.

ÉTABLI-TOI ! Paix adorable !
Sur ces climats trop belliqueux !
Ta présence, aux champs favorable,
Est nécessaire, aussi-bien qu'eux.
Veille sur ces plaines fertiles !
Sur ces vallons, charmans asyles,
Faits pour les tranquilles plaisirs....
Sous ces arcades azurées,
Éloigne Mars de nos contrées!...
Aux arts assure nos loisirs !

RÉCLAMATION

EUROPÉENNE;

*PIÈCE faite en 1783, sur la nouvelle du coup
de canon, tiré sur l'Escaut, contre le vaisseau
Impérial.*

————

HÉ quoi! les Souverains, sur la terre & sur l'eau,
     Joindront-ils, malgré nos prières,
Contre le droit commun d'éternelles barrières?
JOSEPH s'armerait-il en vain contre un fléau?
Dans une ville, un port; char, coursier, ou vaisseau,
Par-tout, que l'Étranger en ami se présente!
Pour chaque individu, qui réside ou s'absente,
     Que les passages soient ouverts!
L'intérêt général est qu'on brise des fers,
(Entraves du commerce, & contrainte indécente;)
Se peut-il que LOUIS, à qui nos vœux sont chers,
     Se peut-il que LOUIS consente
Qu'on borne sur l'Escaut la liberté des mers?
CHRISTIAN! FRÉDÉRIC! GUSTAVE! CATHERINE!
Protégez la carrière ouverte à la Marine!

O GEORGE ! c'eſt à toi d'orner les fleurs-de-lys
De l'olive échappée à l'horreur des conflits ;
Et ce n'eſt qu'aux BOURBONS de faire aux Républiques
La loi qui ſert d'étreinte à ces nœuds politiques.

VERS

SUR LES PRÉLIMINAIRES

D'ACCOMMODEMENT;

Pièce envoyée dans le tems à Monseigneur le Comte DE VERGENNES.

LA Justice & la Paix, enfin vont triompher.
L'Oracle de Versaille est l'arbitre du monde.
Sa voix prépondérante avait éteint dans l'onde
Le feu qu'au continent sa main vient d'étouffer.
O VERGENNES ! reçois le légitime hommage
Que le globe appaisé va rendre à tes travaux !
Quand LOUIS t'associe à ses bienfaits nouveaux,
Sous ses yeux éclairés jouï de ton ouvrage !
Que l'horreur pour le sang éternise ton nom !
A l'abri des combats mets les fruits de la terre !
Que l'éclat du salpêtre, en nos villes de guerre,
Annonce un calme heureux par le bruit du canon !

FIN.

www.ingramcontent.com/pod-product-compliance
Lightning Source LLC
Chambersburg PA
CBHW070912200626

46818CB00006BA/2499